Tía's Tamales

For Amelie: Hope you find happiness in every ordinary day.

Text © 2011 by Ana Baca

Illustrations © 2011 by Noël Chilton

All rights reserved. Published 2011

Printed in Singapore by Tien Wah Press Pte Limited

15 14 13 12 11 10   1 2 3 4 5 6

Library of Congress Cataloging-in-Publication Data

Baca, Ana.

Tía's tamales / Ana Baca ; translation and illustrations by Noël Chilton.

p. cm.

Summary: One snowy day, Luz's grandmother teaches her how to make tamales while telling her the story of how Luz's great-grandfather was taught by his aunt. Includes recipe for tamales.

ISBN 978-0-8263-5026-8 (cloth : alk. paper)

[1. Tamales—Fiction. 2. Aunts—Fiction. 3. Grandmothers—Fiction. 4. Mexican Americans—Fiction. 5. Spanish language materials—Bilingual.] I. Chilton, Noël, ill. II. Title.

PZ73.B2447 2011

[E]—dc22

2010043209

Tía's Tamales

Ana Baca

translation and illustrations by Noël Chilton

University of New Mexico Press ～ Albuquerque

Luz stood at the kitchen window, eagerly watching for her grandmother. Snowflakes the size of silver dollars fell from the gray sky. Earlier, the weatherwoman on television had declared, "No school today," and immediately Luz and her grandmother made plans to spend the day together. Luz wondered what surprises her grandmother had in store.

Finally, Luz's grandmother came bustling down the walk with a tall, round box painted with pink and purple flowers. She could barely see over the top of it.

Luz threw open the door. "What is that, *Abuelita*?" Luz asked. "May I help you carry it?"

Luz estaba esperando ansiosamente a su abuela desde la ventana de la cocina. Copos de nieve del tamaño de monedas de un dólar caían del cielo gris. Unas horas antes, el meteorólogo de la televisión había declarado, "Hoy se suspenden clases," y de inmediato Luz y su abuela hicieron planes para pasar el día juntas. Luz se preguntaba que tipo de sorpresas le tenía su abuela.

Por fin, la abuela de Luz llegó y bajó rápidamente por el camino con una alta caja pintada de flores rosadas y moradas. Apenas alcanzaba a ver por encima.

Luz abrió la puerta de golpe. "¿Qué es eso, abuela?" preguntó Luz. "¿Te ayudo a cargarlo?"

Luz's grandmother smiled. "Thank you, *mi 'jita*. But the box is for later. Today is the perfect day to make tamales, and that's exactly what we're going to do!"

"We've never made tamales, Abuelita. Why today?"

"Because today is a frosty winter day just like the one when your great-grandfather Diego, my *papá*, learned to make tamales. It's just like the day when his *tía* came to stay. It was a harsh winter that year, and food was hard to come by. Diego's *mamá* was sick, and he was working hard to care for her. This is what happened."

La abuela de Luz sonrió. "Gracias, mi 'jita, pero la caja es para después. ¡Hoy es un día perfecto para hacer tamales, y eso es precisamente lo que vamos a hacer!"

"Nunca hemos hecho tamales, abuela. ¿Por qué hoy?"

"Porque hoy es un día friolento exactamente como el día en que tu bisabuelo Diego, mi papá, aprendió a hacer tamales. Justo el día en que llegó su tía de visita. Fue un invierno helado en ese año, y la comida escaseaba. La mamá de Diego estaba enferma, y él trabajaba duro para cuidarla. Esto es lo que pasó."

Diego was so tired. He worked day and night to care for his mamá. He fed the cows and the chickens, chopped wood, fixed fences, and prepared his mother's meals. One snowy day, as Diego was mending a fence, a gaggle of feathers appeared out of nowhere, tickling his nose. Diego sneezed. When he opened his eyes again, a face peeked at him from between two posts.

"Tía!" Diego jumped, banging his head on the wood.

"Ay, Diego," she said, giving him a big, wet smooch on his head. "I didn't mean to surprise you with my new hat." She straightened her hat proudly and opened her ample arms wide. "Now hop over the fence and give your tía a proper hug."

Diego estaba tan cansado. Trabajaba día y noche para poder cuidar a su mamá. Les daba de comer a las vacas y a las gallinas, cortaba leña, reparaba las cercas, y preparaba la comida de su mamá. Un día de nieve, mientras Diego arreglaba la cerca, una nube de plumas apareció de la nada, haciéndole cosquillas en su nariz. Diego estornudó. Cuando volvió a abrir los ojos, una cara le miraba de entre dos postes.

"¡Tía!" saltó Diego, pegándose la cabeza con la madera.

"Ay, Diego," le dijo, dándole un gran beso mojado en su frente. "No quise sorprenderte con mi nuevo sombrero." La tía enderezó el sombrero y abrió ampliamente los brazos. "Ahora brinca la cerca y te daré un abrazo decente."

"But, Tía, Mamá said you weren't coming until after Christmas."

"A cold north wind began brewing, Diego, and I decided to beat it. I couldn't let the wind disturb my good hat now, could I?"

Diego shook his head, peering at the buttons and feathers festooning Tía's hat. He felt like giggling. For some reason, Tía and her silly hat made him feel happy. He was so glad to have her here even if she did give big, wet, sloppy kisses. They walked home arm in arm, chatting nonstop.

"Pero, tía, mamá dijo que no ibas a venir hasta después de la Navidad."

"Empezó a circular un viento frió del norte, Diego, y decidí ganarle. No podría dejar que el aire desacomodara este sombrero fino, ¿verdad?"

Diego asintió y miró los botones y las plumas que colgaban del sombrero de su tía. Tenía ganas de reírse. Pero por alguna razón, la tía y su sombrero chistoso lo hacían sentir feliz. Estaba tan contento de que su tía estuviera allí, aunque le diera grandes besos pegajosos. Caminaron del brazo hacia la casa platicando sin parar.

The house was very quiet when they got home. Diego's mother was asleep. Perhaps the house wouldn't be as quiet now with Tía here. Maybe Diego's mamá would start feeling well again.

"Diego, go fetch some eggs for lunch," Tía whispered.

Diego wandered off to the henhouse. He rummaged through the small straw nests made by the chickens. When his fingers grazed the chickens' ticklish bellies, he usually got a little chicky giggle. This time, there was silence. And no eggs.

Cuando llegaron, la casa estaba muy silenciosa. La mamá de Diego estaba dormida. Tal vez la casa ya no estaría tan quieta ahora que estaba la tía. A lo mejor la mamá de Diego empezaría a recuperarse.

"Diego, ve por unos huevos para la comida," susurró la tía.

Diego se encaminó hacia la casita de las gallinas. Tentó entre los pequeños nidos hechos por las gallinas. Antes cuando los dedos de Diego les rozaban las panzas cosquillosas, las gallinas soltaban una risita. Esta vez, hubo silencio. Y nada de huevos.

Disappointed, he entered the house again.

"Tía, the chickens haven't been laying. I don't know what's wrong."

"Don't worry, mi *'jito*. Show me the hens."

When Tía saw the chickens all in a row, she sighed loudly. "Well no wonder! The hens are sad, 'jito. There hasn't been any laughter in this chicken coop! Now go bring me my hat, and we'll see what we can do."

When Tía placed her hat upon her head, the chickens eyed it and began fluttering their wings and cackling. They sashayed to the left and to the right, and Diego grabbed the eggs they left as a gift. Soon his basket was full.

Desilusionado, volvió a la casa.

"Tía, las gallinas no han estado poniendo huevos. No sé que les pasa."

"No te preocupes, mi 'jito, enséñame los pollos."

Cuando tía vio las gallinas todas en fila, suspiró sonoramente, "¡Pues, con razón! Las gallinas están tristes, mi 'jito. ¡No ha habido risa en esta casita! Ahora, tráeme mi sombrero, y veremos que podemos hacer."

Cuando tía se puso el sombrero, las gallinas empezaron a aletear y a soltar carcajadas. Se meneaban a la izquierda y luego a la derecha, y Diego agarró los huevos que dejaban como regalo. Pronto tenía la canasta llena.

"Now, show me the *despensa*, Diego," Tía said. "Let's see what else we can find."

Diego hesitated. He was embarrassed to show Tía because the pantry was almost bare. They had already used up all the meat. All that was left were a few dried squash, two pumpkins, three onions, a bundle of dried corn, and a red chile *ristra*.

Tía squinted when she saw the empty shelves and waved Diego over. "It's time we went fishing, Diego," she said.

"But the river has ice, Tía. We'll never be able to fish now."

"Come. You'll see, Diego."

"Ahora, enséñame la despensa Diego," dijo tía. "Veamos que más podemos encontrar."

Diego tomó su tiempo. Le daba pena enseñar la despensa a tía porque estaba casi vacía. Ya habían ocupado toda la carne. Todo lo que quedaba eran unas calabacitas, dos calabazas, tres cebollas, un ramo de maíz seco, y una ristra de chile.

Tía entrecerró los ojos cuando vio los estantes vacíos y se los señaló a Diego para que se acercara. "Es hora de pescar, Diego," dijo tía.

"Pero el río tiene hielo, tía. Nunca podremos pescar ahora."

"Vamos y verás, Diego."

Diego led Tía to his favorite fishing spot. The ice glimmered in the sunlight.

"See, Tía? There's no way we can fish."

"Of course we can, 'jito," she said, taking off her hat.

Reaching into it, she pulled out a little hammer and tapped the ice to make a hole. From her hat, she plucked off three purple buttons, two fancy feathers, and a brooch that resembled a firefly, and attached them to the fishing line. Inch by inch, she released it down into the hole and gave the pole to Diego.

"Now, we sing and wait," she said, placing her hat on the ice and sitting down upon it. "Fishies of the water, fishies of the sea. Fishies all around, bringing food to you and me."

Diego guió a la tía a su lugar favorito para la pesca. El hielo brillaba con la luz del sol.

"¿Ves, tía? No hay manera de pescar."

"Claro que sí podemos, mi 'jito," dijo tía, quitándose el sombrero.

Metió la mano, sacó del sombrero un pequeño martillo y dio golpecitos al hielo para hacerle un hoyo. Arrancó tres botones morados, dos plumas elegantes, y un broche en forma de libélula de su sombrero, y los fijó al hilo cáñamo. Poco a poco, soltaba el hilo por el hoyo y le dio la caña a Diego.

"Ahora, tenemos que cantar y esperar," dijo, posando el sombrero sobre el hielo para poder sentarse encima. "Pececitos del río, pececitos del mar. Pececitos de todos lados, déjense agarrar."

Suddenly, Diego felt a tug. "Tía, I got one!" he screamed with glee.

He struggled to pull up the fishing line. At last, out of the hole popped a rainbow-colored fish. Diego put the line back in and sang, "Fishies of the water, fishies of the sea. Fishies all around, bringing food to you and me."

Another fish popped up from the hole. This one had purple stripes. Then another one appeared, and another one, until finally, Tía said, "The universe has been good to us, Diego. Let's thank the water and the fish for their generosity."

She placed her hat over her heart and curtsied to the fish that Diego carried. Diego ran to catch up to her as she glided over the ice with her hat atop her head once again.

De repente, Diego sintió un jalón. "¡Tía, tengo uno!" gritó con alegría.

Luchó para poder subir el hilo. Por fin, salió un pez de todos los colores del arcoiris. Diego volvió a meter el hilo y cantó, "Pececitos del río, pececitos del mar. Pececitos de todos lados, déjense agarrar."

Otro pez brincó del hoyo. Este pez tenía rayas moradas. Luego apareció otro y otro, hasta que por fin, tía dijo, "El universo nos ha sido bondadoso, Diego. Demos gracias al agua por su generosidad."

Puso su sombrero sobre su corazón e hizo reverencia a los peces que Diego llevaba. Diego corrió para alcanzar a tía que se deslizaba sobre el hielo con su sombrero puesto en la cabeza otra vez.

"Now we must gather some fruits and nuts and see what other surprises the woods hold," Tía said.

"But, Tía, it's winter. We won't be able to find any."

"Just wait and see, Diego. The universe holds many surprises."

"There's a piñon tree, Tía, but I'm sure the birds already ate the nuts."

"Have a little faith, 'jito," Tía said, removing her hat.

Diego ran toward the tree and clambered up. "Tía, you were right! There are thousands of them!" he shouted with delight. He shook the branches until the nuts poured down into Tía's upturned hat.

"Ahora a recoger frutas y nueces y a ver que otras sorpresas nos esperan en el bosque," dijo tía.

"Pero, tía, es invierno. No encontraremos nada."

"Espera y verás, Diego. El universo nos tiene muchas sorpresas."

"Hay un árbol de piñones, tía, pero de seguro los pájaros ya se los comieron."

"Ten un poco de fe, mi 'jito," dijo tía, volteando su sombrero.

Diego corrió hacia el árbol y lo trepó. "¡Tía, tenías razón! ¡Hay miles de piñones!" gritó asombrado. Sacudió las ramas hasta que se llenó el hueco del sombrero con nuececitas.

On the way home, Diego carried Tía's hat, which was filled to the brim with nuts, but he could barely see over the top of it. He stumbled over a pile of decaying leaves. Immediately, Tía rushed to his side. Instead of helping him up though, she wore a huge smile as she dug into the moist soil.

"Help me, 'jito. You have just found the perfect hiding place for honey mushrooms!"

Together, they dug and dug, pulling up handfuls of edible mushrooms until Tía said, "We have all we need now. Let's get home before your mamá wakes up. We have some work to do to surprise her."

En el camino de regreso a casa, Diego cargaba el sombrero lleno hasta el tope de nueces. Apenas podía ver por encima. Se tropezó con un montón de hojas podridas. Tía corrió de prisa a su lado. Pero en vez de levantarlo, empezó a escarbar en la tierra húmeda con una sonrisa enorme en la cara.

"Ayúdame, mi 'jito. ¡Acabas de encontrar el escondite perfecto de los hongos!"

Juntos, escarbaron y escarbaron, sacando puños de champiñones comestibles hasta que tía dijera, "Ahora tenemos todo lo necesario. Regresemos a casa antes de que se despierte tu mamá. Tenemos trabajo por hacer para poder sorprenderla."

In the kitchen, Diego cracked all the eggs into a bowl for Tía, who scrambled them with onion. Tía cleaned the fish and mushrooms and baked them alongside wedges of pumpkin. She roasted the piñons in a cast iron skillet and set Diego to shelling them. She toasted red chile pods and made a sauce. With Diego's help, she ground dried corn over an ancient stone metate and added water, salt, and fat to make a masa.

"But what are we making, Tía?" Diego asked, puzzled.

"Diego, all day we have worked at making happiness. Sometimes you just have to take what you have and embellish it. Sometimes you have to make something out of nothing. These ingredients alone don't add up to much, Diego. But together, they make the most deliciously delightful, scrumpt-il-icious tamales!"

All afternoon, Diego and his tía sat side by side, spooning savory tamale fillings into cornhusks spread with masa. Soon the house filled with laughter.

Suddenly, Diego's mamá appeared in her nightgown and took a seat at the table.

"I just had to see what you two were doing. It sounded like I was missing out on so much fun," she said.

Diego jumped up to hug his mother. He grinned with joy as his tía winked at him, still wearing her fancy hat.

En la cocina, Diego vació todos los huevos en un tazón para que su tía los friera revueltos con la cebolla. Su tía limpió el pescado y los hongos y los horneo al lado de las tiras de calabaza. Ella tostó los piñones en un sartén y pidió que Diego los pelara. Tía tostó los chiles e hizo una salsa. Con la ayuda de Diego, ella molió el maíz seco en un antiguo metate de piedra. Le agregó agua, sal, y grasa para hacer la masa.

"Pero tía, ¿qué estamos haciendo?" preguntó perplejo Diego.

"Diego, todo el día hemos estado creando la felicidad. A veces, tienes que simplemente tomar lo que tienes y embellecerlo. A veces tienes que hacer algo de la nada. Por separado estos ingredientes no suman a mucho, Diego, pero juntos, ¡hacen los mas deliciosos, encantadores, y riquisísimos tamales de todo el mundo!"

Toda la tarde, Diego y su tía se sentaron hombro a hombro, embarrando las hojas de maíz con la masa y los rellenos. Pronto se llenó la casa de risa.

De repente, apareció la mamá de Diego en pijama y se sentó a la mesa.

"Tuve que averiguar que estaban haciendo. Se oyó como si me estuviera perdiendo toda la diversión," dijo.

Diego brincó de la mesa y abrazó a su mamá. Miró a su tía con alegría, y ella le guiñó el ojo con el sombrero todavía puesto.

As snowflakes continued to fall, Luz tied the last tamale with a strip of corn husk and gave it to her grandmother to add to the pot of tamales on the stove. The savory steam fogged the windows and filled the room with a delicious aroma.

"Now, 'jita, it's time for the box."

"Oh, Abuelita, what is it? What is it?" Luz stood from the chair, trying to peek inside the tall box.

"Patience, 'jita," Abuelita said. "Many, many, Christmases ago, my papá taught me how to make tamales and told me that story. That's when he gave me this gift . . . his tía's special hat."

Luz's eyes grew wide. "But, Abuelita, that's the hat in . . ."

" . . . the story. That's right, Luz. Now I want you to have it, 'jita," she said, placing the hat on Luz's head. "I want you to learn to laugh like Diego and to make happiness out of an ordinary day just like Tía."

Luz swelled with pride as she glimpsed herself in the window, donning her fancy hat.

Mientras caían los copos de nieve, Luz amarró el último tamal con una tira de hoja y se lo pasó a su abuela para que lo agregara a la olla de tamales en la estufa. El vapor salado empañó las ventanas y llenó el cuarto con un delicioso aroma.

"Ahora, mi 'jita, es el momento de abrir la caja."

"¿Ah, que es, abuela, que es?" Luz se paró en la silla para poder echarle un vistazo.

"Paciencia, mi 'jita," dijo abuela. "Hace muchos años en época de Navidad, mi papá me enseñó a hacer tamales y me contó esa historia. Entonces me dio este regalo . . . el sombrero de su tía."

A Luz, le brillaban los ojos. "Pero, abuelita, es el sombrero de la . . ."

". . . de la historia. Así es, Luz. Ahora quiero que tú lo tengas, mi 'jita," dijo, poniendo el sombrero en la cabeza de Luz. "Espero que aprendas a reír como Diego y crear felicidad de un día común como tía."

Luz se llenó de orgullo cuando se vio reflejada en la ventana, llevando su extraordinario sombrero. "Este es el mejor regalo de todos los tiempos, abuelita."

"This is the best gift ever, Abuelita."

"See, 'jita, Tía's magic is already working," she said, winking at Luz.

Together, Luz and her grandmother sampled their own kitchen magic, delighting in one another's company, and finding wondrous joy in the simple day.

"¿Ves, mi 'jita? La magia de la tía ya está funcionando," dijo, guiñándole un ojo.

Juntas, Luz y su abuela probaron su propia magia de la cocina, disfrutando de la compañía, y encontrando una alegría sorprendente en un día común.

DID YOU KNOW . . . ?

Tamales have been in existence for thousands of years in the Americas. Everything and anything that was available was used to fill tamales: from ants to wild boar, bees, squash blossoms, tadpoles, frogs, fish, rabbit, raisins, berries, bananas, pumpkin, potatoes, tomatoes, chocolate, cheeses, and, of course, chile, and much more! Tamales were born out of necessity—the first ever "to go" convenience food. They were the sustenance for migrating and warring peoples fighting for their land. Today, throughout the world and around kitchen tables, tamales bring people together in unity.

Exercise: What would you put in *your* tamales? The possibilities are endless—only limited by your imagination!

¿SABÍAS QUE . . .?

Los tamales han existido por miles de años en las Américas. Se usaba cualquier cosa a la mano para llenarlos: desde hormigas hasta jabalís, abejas, flores de calabaza, renacuajos, ranas, peces, conejos, pasas, frutos, plátanos, calabazas, papas, tomates, chocolate, quesos, y, por supuesto, ¡chile, entre muchas otras cosas! El tamal nació por necesidad—fue la primera comida "para llevar." Los tamales nutrieron a los antiguos inmigrantes que luchaban por su tierra. Hoy en día, los tamales reúnen en armonía a la gente alrededor de la mesa y alrededor del mundo.

Ejercicio: ¿Que pondrías tú en *tus* tamales? Las posibilidades son infinitas—limitadas solo por tu imaginación.

Tamales

Here's a traditional recipe for you to try with *your* tía or abuelita! ❧ Aquí tienes una receta por probar con *tu* tía o abuelita!

Ingredients

MEAT FILL

2 pkgs. corn husks
3 ½ lbs. boneless pork, lean
28 chile pods (stems and seeds removed, pods rinsed)
5 cups water
2 tsp. salt (or to taste)
4 cloves garlic, minced (or 2 tsp. granulated garlic)
1 tsp. oregano, crushed

MASA MIXTURE

3 cups lard or shortening
5 lbs. corn masa
3 tsp. baking powder
5 tsp. salt
3 cups meat stock from meat fill above

Directions

1. Soak corn husks in hot water until pliable.

2. Meanwhile, place meat in large pot. Cover with water. Bring to a boil and simmer until tender.

3. While meat is cooking, place chile pods in another pot. Cover with water. Boil for 15 minutes or until soft. Place chile pods, 5 cups water (from water in which pods boiled), and seasoning ingredients in blender. Blend until smooth.

4. Shred or cut cooked meat into small pieces. Save stock to prepare masa mixture. Place meat and 5 cups of chile mixture into pot. Cook for 10 minutes, stirring frequently.

5. To prepare masa mixture, in a large bowl, beat lard until fluffy. Combine with corn masa. Mix well.

6. Mix in baking powder and salt.

7. Slowly knead in meat stock until light and creamy.

8. Spread ⅛ to ¼ inch layer of masa mixture over prepared corn husks.

9. Spread approximately ¼ cup meat fill over masa mixture.

10. Fold longest sides toward center. Fold remaining sides and secure with corn husk strip.

11. Fill a large pot approximately ⅓ full with water. Place a colander in pot, and place tamales on top. Make sure water does not touch tamales. Cover.

12. Bring water to a boil. Lower heat, and steam tamales over low heat for 1 to 1 ½ hours, adding water if needed.

Makes 5 dozen tamales.

Hint: If you leave masa mixture standing before assembling tamales, add more water to create a creamy consistency.

Ingredientes

RELLENO DE CARNE

2 paquetes de hojas de maíz
3 ½ libras carne de puerco, sin hueso
28 chiles rojos (lavados, sin tallo ni semillas)
5 tazas de agua
2 cucharaditas sal (o al gusto)
4 dientes de ajo picados (o 2 cucharaditas ajo granulado)
1 cucharadita orégano, seco y machucado

MASA

5 libras masa preparada
3 cucharaditas polvo para hornear
5 cucharaditas sal
3 tazas caldo de la carne mencionada arriba

Indicaciones

1. Se remojan las hojas de maíz en agua caliente hasta que se ablanden.

2. Mientras, se coloca la carne en una olla grande. Se cubre con agua. Se lleva a hervir y luego se cuece a fuego lento hasta que quede suave.

3. Mientras se cuece la carne, se colocan los chiles en otra olla y se cubren con agua. Se hierven durante 15 minutos o hasta que queden blandas. Se colocan en la licuadora con 5 tazas del agua en la que se hirvieron los chiles y con los sazones. Se licua hasta que la mezcla quede sin grumos.

4. Se deshebra o se corta la carne en pequeños pedazos. El caldo se guarda para preparar la masa. Se coloca la carne y 5 tazas del puré de chile en la olla. Se pone a cocer durante 10 minutos y se mezcla frecuentemente.

5. Para preparar la masa, se bate la manteca en un tazón hasta que quede esponjosa. Se incorpora con la masa de maíz. Se mezcla bien.

6. Se le agregan el polvo para hornear y la sal.

7. Poco a poco se va agregando el caldo y se amasa el caldo hasta que quede ligero y cremoso.

8. Se embarran las hojas con una capa de masa de ⅛ a ¼ de pulgada de grosor.

9. Encima de esa capa se pone ¼ de taza de la carne guisada.

10. Se doblan los lados largos de la hoja hacia el centro. Se doblan los demás lados y se amarran con una tira de hoja de maíz.

11. Se vierte agua en una olla grande hasta que el agua ocupe una tercera de la olla. Se coloca un colador en la olla y se le ponen los tamales encima. Asegura que el agua no toque los tamales. Se cubre con una tapadera. Se hierve.

12. Se baja a fuego lento y se cuecen los tamales al vapor por una hora o hora y media, agregándole agua si es necesario.

Alcanza para 5 docenas de tamales.

Nota: Si la masa se seca antes de preparar los tamales, agrégale más agua hasta que quede otra vez cremosa.

GLOSSARY

Abuelita: Little grandmother. Adding "ita" to the term abuela makes it an affectionate term.

despensa: Pantry where food and supplies are stored.

'jita/'jito: Abbreviation of hijita/hijito, little daughter/little son. An affectionate name.

mamá: Mother/Mommy.

masa: Dough.

metate: Ancient volcanic stone on which corn is ground.

papá: Father/Daddy.

piñon: A nut.

ristra: A string of chiles.

tamale: A sweet or savory fruit or meat filling wrapped in thick corn dough, enclosed in corn husks, avocado leaves, or banana leaves and steamed.

tía: Aunt.